U0058534

妖怪醫院 7

我是妖怪醫生的助手！

文 富安陽子　圖 小松良佳　譯 游韻馨

春天的腳步近了。在某個星期六的上午，
我在趕回家的途中，來到熟悉的十字路口，
突然聽見鬼燈球魔法鈴的鈴聲。
鬼燈球魔法鈴是
打開通往妖怪世界大門的鑰匙。
到底是誰，為了什麼原因搖鈴，
讓鬼燈球魔法鈴響了起來？
通往妖怪世界的大門打開了，我再次踏進妖怪世界。
在那裡等著我的是……

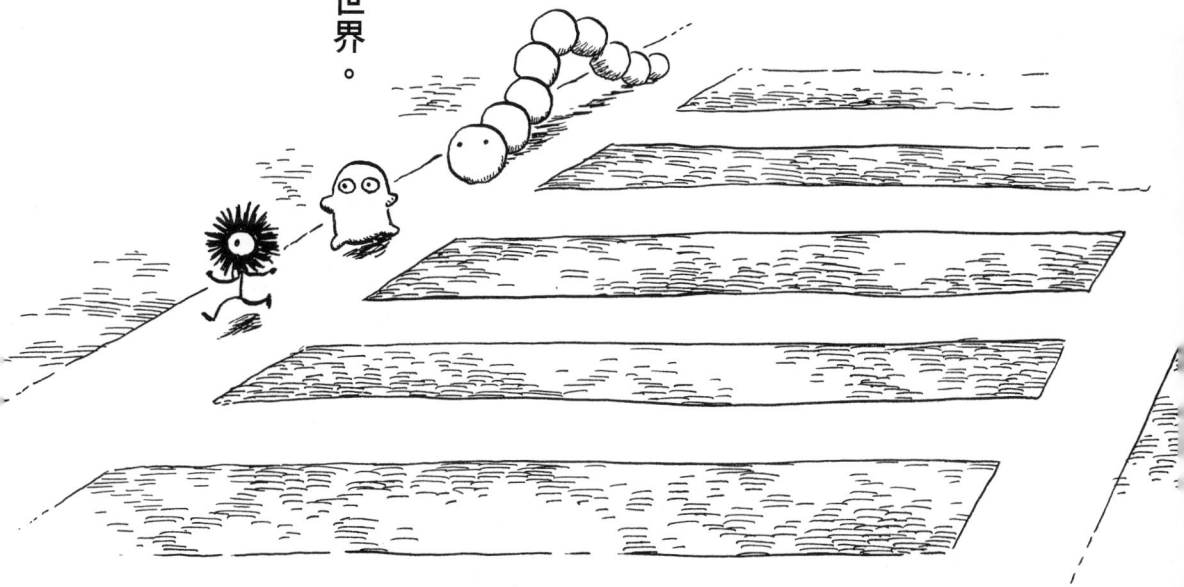

目錄

1 鬼燈球魔法鈴響了！ 6
2 鬼燈醫生的媽媽？ 13
3 換我當醫生？ 20
4 不愧是京十郎的助手！ 30
5 骷髏計程車接送 43
6 急診病患是雪女？ 51
7 肚子痛的鬼 61

8 鬼燈醫生登場！ 69
9 引鬼現身的誘餌 80
10 在鬼的肚子裡開派對？ 92
11 看不見的鬼燈媽媽 105
鬼燈京十郎的信 125
456 讀書會之妖怪小學堂 127

妖怪醫院 7

我是妖怪醫生的助手！

文 富安陽子　圖 小松良佳　譯 游韻馨

1 鬼燈球魔法鈴響了！

外頭的風還帶著涼意，但灑落在地上的陽光已帶來些許春天的氣息。

星期六上午十一點四十五分，我從羽東神社往門前町的大馬路跑去。

今天出門前，媽媽特地交代我要在中午前回家，為了聽媽媽的話，我現在必須趕回家不可。早上在運動公園和同學練習足球，沒想到玩得太忘我，沒發現已經這麼晚了。

我抬頭一看，發現前方十字路口的綠燈開始在閃，我想趕在變成紅燈前過馬路，於是加快腳步跑過去。就在我快要通過十字路口前方的郵筒時，突然聽見叮鈴、叮鈴、叮鈴的鈴聲。冬天的空氣較冷冽，使得鈴聲聽起來更加清脆。

鈴聲使我分心，我忘了還要趕著過馬路，就立刻停在郵筒前。

「欸！」我看見郵筒後方的小巷，忍不住驚叫出聲，「這是怎麼一回事？」

我趕緊翻找衣服的口袋，擔心是不是自己不小心將鬼燈球魔法鈴放在口袋裡了。

鬼燈球魔法鈴是鬼燈醫生送我的特別謝禮，這是一把可以打開那個世界與這個世界的大門的鑰匙。

那個世界與這個世界指的是妖怪世界與人類世界，鬼燈醫生是這個世界上獨一無二的妖怪內科醫生。

我跟鬼燈醫生認識的過程說來話長，就不多說了。

總之，只要搖一下鬼燈醫生送我的鬼燈球魔法鈴，就能開啟通往妖怪世界的大門。

我曾經有一次不小心跌倒而弄響了鬼燈球魔法鈴，結果跌進妖怪世界。

但這次我明明沒有搖鬼燈球魔法鈴，我也找遍身上所有口袋，才發現我今天並沒有帶魔法鈴出門。

可是，我剛剛確實聽見鈴聲，而且郵筒後方也出現通往妖怪世界的小巷。

我可以確定那條小巷跟我第一次誤闖妖怪世界時走的路一模一樣，走到盡頭就會抵達鬼燈醫院的門前。

不過，這條路並非隨時可見。平時這裡是房子緊靠房子的圍牆，現在卻出現了一條小路。我相信一定是鬼燈球魔法鈴響了，妖怪世界的大門才會開啟，這條鬼燈小路才會出現。

到底是誰搖鈴呢？鬼燈球魔法鈴又是在哪裡響的？

我四處張望，但門前町的大馬路上沒有任何人。

剛才不斷閃爍的綠燈早已變成紅燈。

我深吸了一口氣，感覺冬天的空氣真是冷啊！接著，我決定走進郵筒後方的小路。

我心想，好久沒去鬼燈醫院了，去瞧一眼應該不會有事。

妖怪世界與人類世界的時間流動速度不同，我想進去繞一下，應該可以在下一次綠燈前回來，不會耽誤回家的時間。

此時的我，完全不知道小路的盡頭有什麼棘手的事等著我，就這樣輕快的往前走。

2 鬼燈醫生的媽媽？

通往鬼燈醫院門前的鬼燈小路依舊那麼昏暗寧靜。

一個人走這條路總覺得毛毛的，好像隨時都會有妖怪竄出來。

我開始思考是不是該回頭了，但走著走著，終於看見道路的盡頭。我趕緊跑完剩下的路，抵達熟悉的鬼燈醫院。

自從第一次迷路誤闖鬼燈醫院後，我曾經到過妖怪世界好幾次。仔細想想才發現，我沒再來過鬼燈醫院。話說回來，眼前這座洋樓風建築的醫院與當時相比完全沒變，居高臨下的俯瞰著我。

暗沉的奶油色牆面、瓦片如魚鱗片般層疊的青銅色屋頂、厚重沉穩的木製大門，以及掛在大門上方的鬼燈球造型電燈……

我伸出手想要打開玄關大門，卻不禁停頓了一下。我在想，我這麼做會不會太衝動了？

要是我從玄關進去，剛好看到候診室裡有妖怪在等，那不就糟了？

這裡畢竟是專治「妖怪內科」的醫院，來看病的全都是妖怪啊！有些妖怪個性和善，很好相處；但也有些妖怪會吃人，很難應付。

想到這一點，我決定繞到房子後面，從面向庭院的診間入口和鬼燈醫生打招呼。

我穿過茂密的山黃柏樹林旁，繞過房子，走進用紅磚牆圍起來的圓形庭院。我在庭院入口停了下來，打開耳朵聆聽屋內動靜，發現診間十分安靜，裡面似乎沒有患者。

我忍不住想：「太幸運了！既然沒有病人，鬼燈醫生應該不忙才對，說不定還會請我喝杯果汁呢！」

好久沒來鬼燈醫院，我感覺有點興奮。之前我每次進入妖怪世界都不是自願的，全是鬼燈醫生硬把我拉來；今天和以往不同，是我自己主動進來。

我不禁猜想，要是現在我大聲說「你好」，然後直接走進去，鬼燈醫生不知道會有什麼表情？

我忍住竊笑的表情，躡手躡腳的穿過庭院，探頭往診間裡看。

「鬼燈醫生，你……」看到診間裡的情景，我吞下沒說完的話。

鬼燈醫生不在診間裡。我看見一位滿頭白髮、身材嬌小的老奶奶，端坐在黑色皮椅上看著我。

一個把滿頭白髮往後梳成髮髻的老奶奶直盯著我看，對我說：

「鬼燈醫生出去了。」

她身穿一件有蕾絲領的復古風洋裝，偏著頭看我。雖然她的模樣看起來不像妖怪，但凡事不怕一萬，只怕萬一，我稍稍往後退了幾步，問：

「哦……打擾了。請問……你是病人嗎？」

有些妖怪看起來跟人類沒有兩樣，但過去的經驗告訴我，面對妖怪我必須加倍小心。

「不是。」身材嬌小的老奶奶搖搖頭，說：「我不是病人，我是鬼燈京十郎的媽媽。」

我不禁大聲驚呼：「什麼！」

比起在鬼燈醫院的診間碰到妖怪，遇見鬼燈醫生的媽媽更令人驚訝啊！

3 換我當醫生？

老奶奶看我一臉驚訝的模樣，問我：「那你呢？你是來看病的嗎？」

我趕緊回答：「不，我不是妖怪，當然，也不是來看病的。」

自稱「鬼燈醫生的媽媽」的老奶奶慢慢的歪著頭，訝異的盯著我看，問我：

「這樣啊……那麼，你是誰呢？」

「這個嘛……我是人類，名叫峰岸恭平。我跟鬼燈醫生……

嗯……該說是朋友嗎……還是算是認識的人而已……」我不知道該如何回答，正在支支吾吾的時候，老奶奶突然右手握拳敲了左掌心一下，對我說：

「我知道了！你是助手對吧？」

「嗄？」聽到老奶奶這麼一說，我更不知該如何回答，只是瞪大雙眼看著她。

身材嬌小的老奶奶從大椅子內探出身體，微笑的看著我說：

「我想起來了！京十郎經常在日記寫下關於你的事，他常說你『是個很有前途的孩子』。我想，你就是他的助手恭平同學，對吧？」

「啊？哦，嗯，對……」我含糊的回答，敷衍帶過這個問題。

原來鬼燈醫生有寫日記的習慣啊！而且還在日記寫下關於我的事情，說我是他的助手！

如果眼前的人是鬼燈醫生，我一定會直接說出心裡話，對他說：「不要擅自寫一些奇怪的事情！」

可是，我面對的是一位溫柔和善的老奶奶，一看到她的臉，我就無法說出反駁的話，只好含混交代過去。

沒想到，老奶奶再次右手握拳敲了左掌心一下，恍然大悟的說：「原來如此！我知道了！因為京十郎出去了，所以你來醫院留

守，對吧？」

「嗄？蛤？呃……哦呀？」我又開始胡亂發出一些聲音。

不過，老奶奶對我的反應不以為意，立刻站起來，指著掛在椅背上的白袍，對我說：

「好了，快點穿上白袍，掛上聽診器吧！待會兒病人就要來了，再拖拖拉拉下去，那就不好了。」

「啊？不是……可是……那個……」就在我百般推辭的時候，玄關傳來隱約的門鈴聲。

叮鈴咚隆、叮鈴咚隆……

我和老奶奶同時驚訝的抬起頭，看向通往候診室的診間門口。

接著又下意識的對看了一眼。

「你看，病人上門了，還不趕快穿上白袍？」老奶奶再次伸手指向白袍，催促我趕快穿上。

我趕緊婉拒：「可是……我不是醫生……只是個助手……穿上白袍我也不會看病啊……」

老奶奶不知道哪兒來的自信，認真的對我說：「不用擔心，有我在呢。可別小看我，我是這個世界上獨一無二的妖怪內科醫生鬼燈京十郎的媽媽呢！好了，快點準備，別再推辭了；趕快穿上白袍，掛上聽診器，靠坐在椅子上，擺出醫生的架式吧！這麼一來，所有妖怪都會認為你就是鬼燈醫生，畢竟分辨人類的能力不是這麼簡單就能學會的。」

這一刻我突然發現老奶奶與鬼燈醫生幾乎一模一樣，雖然體型、五官和外表一點也不像，但她說話方式簡直是鬼燈醫生的翻版！

極度以自我為中心，任性妄為，聽不進別人說的話，將自己的意見強加在別人身上。到最後，別人就會依照她的話去做。這一點與鬼燈醫生完全相同。

我在老奶奶的注視下，心不甘，情不願的從椅背拿起白袍，動作緩慢的穿在身上。內心不禁想著：「我真倒楣……為什麼每次只要跟鬼燈醫生沾上邊，就會變成這個下場……欸……不對，今天鬼燈醫生不在！」

我接著伸手拿起放在桌邊的聽診器，用眼角餘光瞄了老奶奶一眼，心想：「她真的是鬼燈醫生的媽媽嗎？」

老奶奶看著我穿上白袍，滿意的點點頭說：「你穿白袍真好看，

比京十郎更有醫生的樣子。」

就在此時，我聽見診間門被打開的聲音。我趕緊坐進黑色皮椅，屏住氣息，等著迎接從候診室進來的人——不對，是等著看什麼東西進來才對。

我的心臟撲通撲通的跳個不停，我的胃開始感到沉重，我的背脊也開始發涼。

是妖怪，妖怪要進來了！

那名自稱「鬼燈媽媽」的老奶奶站在我的椅子旁，臉上平靜無波，盯著打開的診間門。她好像一點也不怕妖怪。

「醫生，快幫我看看，我的腳痛到受不了了。」伴隨著說話聲，有人——不，有個物體進入了診間。

4 不愧是京十郎的助手！

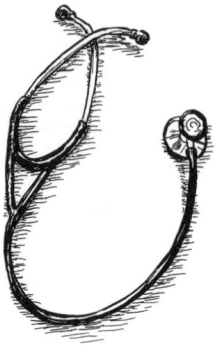

開門進來的物體——不對，開門進來的看起來很像人類，外觀跟一般大叔沒有兩樣。

原本還很擔心會出現什麼怪模怪樣的妖怪，看到真面目後，我不禁鬆了一口氣，其實也帶著些微的失望。

那位大叔一屁股坐在我前方，病患專用的旋轉椅上，自顧自的說起話來：

「我的腳好痛啊，痛到我受不了。我原本睡得很熟，就在我睡醒的時候，兩條小腿突然抽痛，痛得我哇哇叫啊！感覺就像我在睡覺的期間，腳去撞到什麼東西，或是被什麼東西咬到一樣。

「可是，我很仔細的察看過，沒發現任何瘀青，也沒有腫脹。而且也找不到裂傷或割傷之類的傷口。醫生，請你幫幫我，快點醫治我吧！」

這位病人竟然沒發現眼前這個身穿白袍，坐在黑色皮椅裡的人並不是鬼燈醫生，也沒察覺有個陌生的老奶奶站在一旁。

說不定他今天是生平第一次走進鬼燈醫院，才會絲毫不覺情況有異。話說回來，不管是誰，看到一位小學生身穿白袍坐在診間等候病患，應該都會覺得奇怪才對吧。

那位大叔繼續哀求：「拜託你，鬼燈醫生，像上次一樣啪啪啪的把我醫好吧！」

無論怎麼拜託我，我也醫不好他啊！唉，該怎麼辦才好？我又不是妖怪內科的醫生。

我偷瞄一眼站在一旁的鬼燈媽媽，向她求救，她一副要我「不用擔心」的模樣，對我點點頭。

迫不得已之下，我只好拿起聽診器，先聽聽看病人的心跳聲。

我不知道自己能做什麼，只能走一步算一步。

可是，就在我將聽診器放在大叔胸口，想要隔著襯衫聽心跳聲的時候，卻發現一件令人驚訝的事情。

我發現……大叔竟然沒有心跳！

我沒聽到預期中的撲通聲，也沒有預期外的聲音！

竟然一點聲音也沒有！就

像……沒有心臟一樣！

我一時之間亂了分寸，趕緊咳嗽兩聲鎮定下來，戰戰兢兢的問大叔：

「那個……請問……你的心臟好像停了……感覺上……你好像沒有心臟耶……你知不知道為什麼呢？」

聽我這麼問，大叔這才露出懷疑的眼光，直盯著我看。他對我說：「這是當然的啊！因為我是妖怪啊！我天生沒有心臟，這不是很自然的事情嗎？醫生，你還好嗎？振作一點哪！」

面對沒有心臟的大叔，這次換我的心臟撲通撲通的跳了起來。

我慌張的想著：「是妖怪！這傢伙果然是妖怪！不過，不知道他是什麼妖怪，真希望他屬於個性和善的那一種。」

我實在沒辦法，再次看向鬼燈媽媽。只見她一臉淡然，一句話也不說。需要她的時候她完全派不上用場，這一點也跟鬼燈醫生一模一樣。

「真拿你沒辦法。我上次頭痛的時候，你不是很快就醫好我了嗎？難不成你忘記我了？我知道了，我這樣你應該就能想起來了吧？」大叔一邊說著，一邊從褲

子口袋拿出摺好的手巾。他當著我的面用手巾擦臉，一下子就把五官擦掉了。

我見狀大聲尖叫：「哇！」還從椅子上跳了起來。

大叔的臉用手巾擦過後，沒有眼睛、鼻子、嘴巴和眉毛，只剩光溜溜的皮膚。

我大叫：「你是無……無……無臉鬼！」

無臉鬼點點頭。

這一刻我的腦海裡，突然湧現那天的記憶。那天是我第一次誤

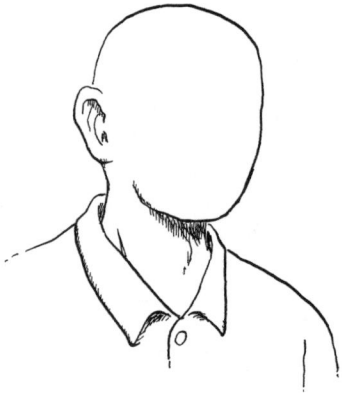

闖妖怪世界，走進鬼燈醫院的日子。還記得那天無臉鬼說自己頭痛，獨自一人……不，獨自一隻來到醫院，原來那隻無臉鬼就是這隻無臉鬼啊！

我驚慌的對無臉鬼說：「請……請……請你先睡一下。請到那張床上好好睡一下！聽得見我說的話嗎？請你到那張床上睡覺，我會在你熟睡的期間治療你的腳。」

無臉鬼看來像是聽得見我說的話，只見他搖搖晃晃的走向床邊，躺在床上，很快就睡著了。

我站在睡著的無臉鬼身邊，耐心等待事情發生。要是發生跟當時同樣的狀況，我應該能治癒他。

正巧如我所預測，有一股像是黑色水蒸氣般的煙霧，開始從沉睡的無臉鬼身體裡竄出。

我不禁喜出望外，四處張望診間，看見有支拖把立在牆邊，於是悄悄伸出手，將拖把拿在手裡。

之前我曾在偶然的機會下治好無臉鬼的頭痛，我想起那次鬼燈醫生對我說的話。

他說無臉鬼生的病叫做「附身妖怪症候群」。就像狐狸和蛇有時會附身在人類身上，危害人類健康一樣，有些附身妖怪也會附身在妖怪身上。

這次無臉鬼又被某種妖怪附身，才會出現腳痛症狀。

就在我沉思的時候，黑色煙霧不斷升起，在天花板附近集結成一團，逐漸形成某個形體。

漸漸的，一隻黑色老鼠的身影出現在煙霧之中，附身妖怪的廬山真面目就是他！

我定睛一看，黑色老鼠不只一隻，而是兩隻！看似不懷好意的雙眼發出紅色光芒，在黑色煙霧形成的身影中顯得更加搶眼。兩隻老鼠在天花板四周遊蕩了一會兒，用鼻子東聞西嗅，觀察我們的動靜。看我靜止不動，老鼠們似乎覺得安心，開始慢慢的從天而降，停到床上。

接著他們分別抓住沉睡中的無臉鬼的左腳和右腳，開始啃咬無臉鬼的小腿。

「就是現在！」

我揮動手中的拖把，往黑色老鼠的頭上揮打；拖把前端從空中往下劈，黑色老鼠立刻被擊碎，接著像雲霧被風吹散般，瞬間消失

得無影無蹤。

老鼠消失後，我隱約聽見鼓掌的聲音。回頭一看，原來是鬼燈媽媽面帶微笑，雙手輕輕的鼓掌。

鬼燈媽媽對我說：「厲害！真是厲害！不愧是京十郎認可的助手啊！」

聽見一臉淡然的鬼燈媽媽

說的話，我不由得大大的嘆一口氣。

不一會兒，無臉鬼清醒後已恢復精神，踩著輕盈的腳步回家了。看來我這次又成功醫好了無臉鬼的「鼠妖附身病」。

病人回家後，診間再次恢復冷清，我也鬆了一口氣。

就在這個時候，放在桌上的貓頭鷹石雕開始大叫：

「呼嗚嗚！呼嗚嗚！緊急呼叫、緊急呼叫！

不要看錯了，我是貓頭鷹，不是九官鳥！」

5 骷髏計程車接送

我嚇了一大跳，轉頭看著大吼大叫的貓頭鷹石雕。

偏偏在鬼燈醫生出去時有急診病患，真是屋漏偏逢連夜雨。

不過，更令我驚訝的是，鬼燈媽媽聽到貓頭鷹石雕說的話，竟然二話不說的點點頭，對我說：「我們走吧！」

我不可置信的看著胸有成竹的鬼燈媽媽，慌張的問：「蛤？走……走去哪兒？誰要走？」

鬼燈媽媽說：「那還用說？當然是去呼救的急診病患那裡啊！

而且是你要去。京十郎不在的時候，自然由你代理啊。」

「不……不行。我不行、我不行、我不行，我不能去！」我不斷搖頭，幾乎快要頭昏眼花。

就在此時，又發生了一件更令人驚訝的事情。

我突然感覺眼前的空氣出現變化，景物看起來有點扭曲，一輛黑頭車從扭曲的景物中竄出來，轟隆一聲停在鬼燈醫院的後院裡。

我以為自己看見了幻影，趕緊揉了揉眼睛，再次看向後院。

只見後院裡四門轎車的左後門突然打開，前方駕駛座上坐著一名身穿黑色制服、戴著白色帽子的司機。

司機轉身看著我說：「先生，您好，小的來接您了，請快上車。夫人等您很久了。」司機將一隻手放在帽子上，上半身往前傾，向我鞠躬，我才真正看清楚帽子下的臉龐。

看清之後我再次嚇了一跳，沒想到那名司機竟然是一具骷髏！骷髏司機穿著制服、戴著帽子，坐在駕駛座。車頂還架著一盞有骷髏頭標記的燈。我猜想這輛車應該是由骷髏司機駕駛的骷髏計程車。

「哎呀！還派人來接，真是細心啊！這樣的話，我們很快就能到急診病患那裡了。」鬼燈媽媽說的話將我拉回現實，嚇得我眼珠子都快掉出來了！鬼燈媽媽究竟是什麼時候上車的？一轉眼她竟然坐在骷髏計程車的後座，招手要我上車。

我不想對鬼燈媽媽言聽計從，往後退了好幾步。接著我對鬼燈媽媽說：「我說不行就是不行，我才不去看急診病患呢！」

話才說完，一直看著我的骷髏司機驚訝的上下咬動牙齒，發出詭異的喀答喀答聲。

「先生，您怎麼能這麼說？您要是

不上車，小的會被夫人碎屍萬段。」骷髏司機一邊說著，一邊用右手從左邊袖口拔出只有白骨的左手，並用那兩個沒有眼球、空蕩蕩的眼眶直盯著我看。「要是先生不肯乖乖上車，小的就會將這隻手丟出去，緊抓著先生的後衣領，把您拉上車，您覺得如何？」

我嚇得背脊發涼，雙腳顫抖的說：「我、我上車。我知道了，我上車就是，不要把手丟過來！」

我放棄抵抗，心不甘，情不願的上了車，坐在鬼燈媽媽身旁。骷髏司機看我上車後，把拔下來的左手接回原位，點點頭說：

「謝謝先生的合作。哎呀！真是太好了，虛驚一場啊！要是我將左手丟出去，只有一隻手很難開車，您真是幫了我一個大忙啊！先生，請您坐穩了，我們只需要一眨眼的時間就能到雪女夫人那裡。」

骷髏司機啟動車子引擎，我雙腳用力貼地，身體緊靠在後座椅背上，偷瞄了隔壁的鬼燈媽媽一眼。

鬼燈媽媽看起來十分放鬆，氣定神閒的坐著。

鬼燈媽媽問：「不曉得這回是什麼樣的病人呢？」

我心中也有相同疑問，不禁想著：「這輛骷髏計程車帶我們去的地方，究竟有什麼樣的妖怪在等著我們？那隻妖怪得的又是什麼病？我能治好他的病嗎？」

我坐在隨時會出發的計程車裡，盯著窗外空蕩蕩的診間看，嘆了一口氣。唉！要是這個時候鬼燈醫生在就好了。

鬼燈醫院後院的空氣又出現變化，車窗外的景物開始扭曲，計程車咻的一聲全速前進。

由於車子起步太過粗魯，我差點就被甩到前座，趕緊雙腳用力撐地，身體緊靠椅背，好不容易才穩住。

正當我緊閉雙眼，在心中大喊「別撞到紅磚牆」的時候，竟聽到骷髏司機說：「我們到了。」

計程車停了下來，按照司機的說法，我們已經抵達目的地了。

我沒想到這麼快就到目的地，我戒慎恐懼的睜開眼睛。

「你終於來了，鬼燈醫生，我等你好久了。」

車外傳來女性的說話聲，計程車啪的一聲打開了後座門。

6 急診病患是雪女？

我看到車外景色，不由得倒抽一口氣。骷髏計程車竟然在不知不覺間，將我們帶到積滿白雪的深山之中。

外面是一片銀白色世界，計程車就停在雪山岩洞的洞口。

一名女子站在洞口前方，臉色十分蒼白，像雪一樣，臉頰和嘴脣毫無血色。看來，這名女子……不對，這隻妖怪就是急診病患了。

幸運的是，雖然患者氣色不好，但看起來不至於有生命危險，而且她一點也不像妖怪，這是我最在意的事情。因為我既沒有能力

醫治重病患者，遇到個性殘暴的妖怪，也只能逃之夭夭。

話說回來，這位患者看起來很和善，我應該可以想辦法應付過去。總之，先假裝幫她看病，再視狀況敷衍一下，趕快離開此地。之後只要叫她再找時間去鬼燈醫院看診，就大功告成了。

我冷靜下來，做好打算後，立刻走下計程車。

那位女患者站在原地說：「醫生，臨時請你出診，打擾你了，真的很抱歉。」

我回答：「不，沒這回事，不必在意。」

這位患者也跟無臉鬼一樣，從沒懷疑我是不是鬼燈醫生，對於跟著我從計程車下來的鬼燈媽媽也絲毫不以為意。看樣子，鬼燈媽媽說得對，妖怪沒有分辨人類的能力。而且，感覺上他們的個性都很大方，並不在意小細節。

我做出一臉認真的表情，拿起聽診器，放在蒼白女患者的和服胸前。

果然如我所料，她也沒有心跳聲。話說回來，妖怪既沒心跳，也沒血液流通，為什麼還會生病呢？

我想著想著，將手掌輕輕放在女患

者的額頭，才剛碰到，又忍不住「啊」的驚叫一聲。

好冰啊！好冰啊！不僅沒有一點熱度，簡直就跟冰塊一樣冰！

「嗯，那個……你的額頭好冰啊。」為了不讓對方看出我很驚慌，我還故意加快了說話速度。「不只是冰，簡直就像結凍一樣……還以為你死了呢。你還好嗎？」

跟妖怪說「還以為你死了呢」、「你還好嗎」這些話，不曉得會不會很失禮？再說，妖怪到底是不是用「活著」來形容？

我被自己的話搞混了，內心開始糾結。此時，我眼前的女子……不，女妖怪優雅的笑了笑，對我說：「呵呵呵。醫生，你又取笑我了。我可是雪女耶，全身冰冷是很正常的啊！真是的，不要老是說笑。」

我這才恍然大悟，原來這位看起來很像女人的妖怪是雪女啊！

雪女一邊笑著，一邊說：「再說，要看病的不是我——你看我就知道，身體健康得很。醫生，我想請你看的病人在洞穴裡。」

「在洞穴……裡？」聽雪女這麼一說，我抬頭看了一眼偌大的、裡面漆黑一片的洞穴。那個黑暗世界看起來靜謐無聲，毫無動靜。

就在此時，從洞穴裡傳來非常淒厲的呻吟聲。聲音聽起來像是獅子、大象與河馬的綜合體，聽起來十分嚇人。如果仔細聆聽，會發現那不是單純的呻吟聲，而是在說些什麼。

「好痛啊！好痛啊！我好痛啊！」

我心中十分恐懼，聽著從洞穴傳來的聲音。

只見雪女聳著肩，一臉平淡的說：

「你看，他從昨天就是這個樣子，真是吵死了。整座山都能聽見他的慘叫，搞得大家雞犬不寧。醫生，可以請你想想辦法，趕快醫好他嗎？」

「啊……嗯……呃……」我又開始胡亂發出近似發聲練習的聲音，因為我太害怕了，怕到無法說出完整的話。

無計可施之下，我又對著站在一旁的鬼燈媽媽發出求救眼神，她竟然不經意的移開目光，臉上一副什麼都不知道的樣子。我這下才知道什麼叫做欲哭無淚，鬼燈媽媽根本一點用處也沒有。

現在我只能靠自己。我雙手抓著聽診器，慢慢走到發出呻吟聲的洞穴前方。

骷髏司機自從抵達這裡就一直坐在計程車裡，看著這一切事情發生；這時他突然搖下車窗對我說：

「醫生，你要小心一點，那傢伙超級討厭醫生。要是隨意走進去，他可是會發狂的。而且，如果他發現你是一位醫生，說不定會一腳踩扁你呢！」

聽見骷髏司機這麼說，我感覺自己的頭上好像被重重打了一記，忽然想起慘痛的過往。

我慢慢的、謹慎的轉頭看著四周被白雪淹沒的景色。

沒錯，我以前來過這裡，我看過這裡的景色。雖然剛抵達時我沒認出來，但我可以確定，我曾經來過這座洞穴。

「好痛啊！好痛啊！我的肚子好痛啊！」

洞穴深處又傳來痛苦的呻吟聲，讓四周為之震動。

我聽著這股呻吟聲，感覺似曾相識，想起了那天來到這座洞穴的情景。

這一刻，我突然明白在洞穴裡哀叫的妖怪究竟是什麼。

超級討厭醫生，個性粗暴的妖怪，一看到人類的小孩就想吃；而且當時就是為了幫他注射疫苗，才跟鬼燈醫生一起來這裡。

沒錯，就是那個我當誘餌，引他從洞穴裡出來的……

「巨鬼！這裡是巨鬼居住的洞穴！」

7 肚子痛的鬼

「好痛啊！好痛啊！我好痛啊！」巨鬼還在洞穴裡哀叫。

他的聲音不像是呻吟，比較像是怒吼或叫嚷……總而言之，聽起來很大聲、很吵。每次巨鬼出聲哀號，冷冽的雪山空氣便為之一震，地面隨之搖晃。我現在很擔心會不會突然發生雪崩，心裡害怕不已，偷瞄了幾眼洞穴上的斜坡。

雪女說：「醫生，你快點想想辦法，把那隻鬼醫好吧！要吃藥

或打針都可以，一定要讓他安靜下來。」

儘管雪女這麼說，我卻一點也不想踏進鬼洞裡。已經知道洞裡面有一隻個性凶殘的鬼，誰還會想進去？況且，鬼最喜歡吃人類的小孩，他現在正因肚子痛而大吵大鬧，要是現在進去，肯定無法活著出來。

「呃……那個……我先離開一下。」我對雪女說：「因為……我沒帶藥，也沒帶針筒，我得回醫院一趟，拿需要的物品……」

聽我這麼一說，雪女的表情突然變得嚴肅，用比冰塊更冷的眼神盯著我看。「呵呵，醫生，你好不容易才來一趟，竟然想什麼事也不做就回去，這我可不同意。就算只能看診也好，你一定要讓那傢伙安靜下來。」

「不，我沒辦法。」我沒多考慮就直接回答，惹得雪女更加不高興，冰冷的眼神深處透出藍白色火光。

雪女說：「醫生，我從昨晚就一直忍受那傢伙的吼叫聲。你既然來了，就看看那隻吵鬧鬼，至少對他說句『不用擔心』，或叫他『安

靜點』也好。再說，你沒先看過怎麼知道要開什麼藥？不妨等看過那傢伙之後，再回去拿藥和針筒也不遲，你說好不好？」

「呃……嗯……啊……」雪女的話讓我啞口無言，我被逼到騎虎難下，再次看向鬼燈媽媽尋求幫助；誰知道她只是看著我，大大的點了點頭。

就算對我點頭也沒用啊！我絕對不會進入洞穴，去看那傢伙肚子痛的毛病！

「那……那個，我想我還是先回去一趟比較好。」我想做最後的掙扎，但雪女的眼睛深處又閃出冷冽的藍色光芒。

「既然你如此堅持，毫不退讓，我也是有我的應對之策。我只要對你吹一口寒氣，不管你是醫術多高超的醫生，也會立刻結成冰。

「怎麼樣，你做好決定了嗎？你要現在立刻進去洞穴裡診治那隻鬼，還是要變成冰人雕像，佇立在這裡當擺飾品？要怎麼做由你選擇。」

「太過分了！」雪女說的兩條路都是把我推入火坑，哪有什麼差別！為什麼事情會變成這樣？我又沒有做壞事！啊！早知道今天就不要走進妖怪世界，要是直接跑過門前町的十字路口，中途不停下來，我現在早就在家裡吃著香噴噴的午餐了！

鬼燈媽媽一副事不關己的模樣站在一旁，我忍不住瞪著她，表達無言的抗議。

雪女催促著我：「好了，快點決定吧！」接著深吸一口氣，準備對我吹出冰冷的寒氣。

骷髏司機坐在骷髏計程車裡，牙齒喀答喀答的動著，苦口婆心的勸我：

「先生，我這是為你好，你最好按照夫人說的話去做；要是你變成冰，一切就完啦！」

可是，要我進入洞穴，我也完了！不管選哪條路，我都完了。

乾脆趁這個機會告訴他們我不是鬼燈醫生好了。不過，我覺得事到如今才表明身分，結果只會更慘。

嗚嗚嗚……我到底該怎麼辦才好？

「好痛啊！好痛啊！我的肚子好痛啊！」巨鬼還在哀號。

「啊！吵死了！」雪女煩躁的低喃。

就在此時，四周響起了清透的鈴聲。

叮鈴、叮鈴、叮鈴。

我一聽見鈴聲，立刻回頭看。原本什麼也沒有的樹林裡，竟然出現一座熟悉的小門。

那是一扇有著黃銅門把的拱形木門，是的！那就是鬼燈醫院後院紅磚牆上的小門。

只見門把緩慢的轉動，門也跟著打開，有個身影從門的另一邊走了進來。

8 鬼燈醫生登場！

「鬼燈醫生！」我下意識的大叫。

以前我總是向上天祈禱，希望再也不要見到鬼燈醫生。但我從來沒像現在這樣，見到鬼燈醫生還這麼高興。

鬼燈醫生穿著一套不適合他的深色西裝，再繫上一條一點也不配的橘色圓點領帶。他依舊露出不耐煩的表情，先是看了我一眼，再看看雪女，接著瞄了一眼計程車裡的骷髏司機。不知道為什麼，他完全沒看站在我身邊的鬼燈媽媽。

看完一輪之後，鬼燈醫生問我：「你到底在這邊幹什麼？為什麼穿著我的白袍，戴著我的聽診器？你以為在玩扮家家酒嗎？恭平！」

看得出來鬼燈醫生在生我的氣，但我一點也不在意。

只要鬼燈醫生出現我就放心了，鬼燈醫生才是真正的妖怪內科醫生。醫治鬼肚子痛這種事情，根本是小事一樁。應該說，醫得好也好，醫不好也好，我都無所謂。

總而言之，我可以把幫鬼醫病的重擔交到鬼燈醫生手上，真是太幸運了。

雪女盯著真正的鬼燈醫生看，對我這位冒牌醫生說：「醫生，這位是誰啊？」

我連忙介紹：「這位才是如假包換，貨真價實的妖怪內科，鬼燈京十郎醫生。」

聽到這話，計程車裡的骷髏司機歪著骷髏頭看我。「他是鬼燈醫生，那你是誰？」

「哦，我是鬼燈醫生的助手峰岸恭平。」

雖然我很排斥「鬼燈醫生的助手」這個稱呼，但現在這個情形，我不得不這麼說。

「什麼？你不是鬼燈醫生？」骷髏司機的骷髏頭歪得更厲害，他驚訝的看著我。我很擔心他的頭會不會突然掉下來。

骷髏司機接著說：「蛤？這麼說，我載錯人了？咦？可是我還以為在鬼燈醫院裡的一定是鬼燈醫生……而且還穿白袍，脖子掛著聽診器呢……」

「呃……不是這樣啦，我只是剛好留下來看守醫院。你不要在意，認錯人是很常見的……」我趕緊安慰骷髏司機。

鬼燈醫生低聲訓斥我：「什麼叫認錯人是很常見的？要不是你擅自穿上我的白袍，戴上我的聽診器，也不會發生這種事情。妖怪不會記住人類的長相，他們是靠衣服認人的，只要兩個人穿相同的衣服，他們就分辨不出誰是誰。」

我趕緊辯駁：「可是，我不是自己主動要穿白袍，都是鬼燈醫生的媽……」

我話還沒說完，鬼燈媽媽立刻「噓」的一聲，打斷了我。

鬼燈醫生依舊不理會他媽媽，自顧自的說：

「我今天一大早就在外面忙，走不開。回來之後，看到貓頭鷹石雕大叫『緊急呼叫』，還說『助手坐上骷髏計程車去

急診病患那裡了』，我才急急忙忙趕過來。現在你應該知道你一個人跑來看病人是多荒唐的事情了吧？真是的，別給我找麻煩！」說完後，鬼燈醫生這才左右張望，問我：「好了，病人在哪裡？」

之前安靜了一會兒的巨鬼，像是在回答醫生的問題，又在洞穴裡哀號。

「好痛啊！我的肚子好痛啊！痛！痛死我了！」

「哎呀！」鬼燈醫生點點頭說：「原來是這麼一回事啊！」

鬼燈醫生望著陰暗的洞穴，輕輕嘆了一口氣。「這隻巨鬼又亂吃東西了，貪吃的個性真是害死人啊！之前吞下一寸法師，一寸法師用他的針刀猛刺他的胃壁，當時還搞得人仰馬翻。沒想到他還沒學乖，這次不知又吃了什麼。」

雪女終於發現誰才是真正的鬼燈醫生，她看向打著圓點領帶的鬼燈醫生說：

「醫生，拜託你想想辦法。他從昨天晚上就吵得我快受不了，我都快生病了。你快想想辦法，早點把他醫好。」

「嗯……」鬼燈醫生雙手抱胸。「那傢伙不只超級討厭醫生，發起狂來誰也制止不了他。他絕不會乖乖讓我醫治，要是我跟他說『啊——嘴巴張大一點』，他肯定會一口咬掉我的頭。」

我聽了鬼燈醫生說的話，嚇得直發抖。要是鬼燈醫生再晚一點到，我的頭說不定就會被巨鬼咬下來了……

鬼燈醫生雙手抱胸的想了一會兒，最後露出笑容，右手握拳敲了一下左手的手掌心。

「對了！我想到一個好方法了！比起麻醉，這個方法更簡單、更確實。而且絕對可以讓那傢伙乖乖就範！」

「要怎麼做？」我問。

「你打算怎麼做？」骷髏司機問。

「是什麼好方法？」雪女說。

鬼燈醫生看著雪女，自信滿滿的說：

「很簡單，你把他變成冰。不過，不能連體內都結冰，只要讓他不能動就好。我就趁他不能動的時候檢查肚子的狀況——怎麼樣，這個方法很棒吧？」

雪女聽了鬼燈醫生的方法，笑著回答：

「哎呀！不愧是醫生啊！你的方法真好！」

鬼燈醫生原本緊繃的臉，終於露出笑容。他看了看雪女、骷髏司機和我，大大的點點頭。

「太好了！既然已經決定，那就開始吧！雪女，一切拜託囉！不能將洞穴裡的鬼凍得硬邦邦的，要有點冰又不會太冰！」

9 引鬼現身的誘餌

雪女看起來躍躍欲試，很想早點將吵得附近雞犬不寧的鬼冰凍起來。不過，她也向鬼燈醫生表示，「不能凍得硬邦邦的，要有點冰又不會太冰」的分寸很難拿捏。

雪女說：「巨鬼躲在伸手不見五指的漆黑洞穴裡，我很難掌握他的行蹤。不知道目標在哪裡，我無法輕輕吹氣，達不到效果。不如我用力吹氣，讓整個洞穴都吹到寒氣，你看如何？」

「不行，不行。」鬼燈醫生否決了雪女的提議。「要是巨鬼連五臟六腑都結成冰，我就無法為他看病了。要是看不見目標，無法控制吹氣力道，就只能將他引出洞外。」

鬼燈醫生一邊說著，一邊看向我，我有一股不祥的預感。

鬼燈醫生說：「好了，恭平同學，換你上場了。」

「什麼！」我不禁大叫，身體跟著往後仰。那股不祥的預感果然是真的！「你，你該不會又要我當誘餌，引鬼出來吧？」

「你說對了！」鬼燈醫生點點頭說。

別開玩笑了！我才不要當誘餌，引凶惡的巨鬼出洞。這太危險了！

「不過……那隻巨鬼現在肚子痛，就算讓他聞人類小孩的味道，他也不會想吃吧？」我拚命找理由推辭。

鬼燈醫生冷淡的搖搖頭說：「不會，那隻巨鬼是出了名的貪吃鬼。要是讓他聞到誘人的小孩味道，他絕對忍不住，而且會失去心神的循著味道晃出來。你不用擔心，只要他一出洞口，雪女就會輕輕吹氣讓他結凍，無法動彈。你不會有事的。」

每次鬼燈醫生說「不用擔心」，結果都很讓人擔心，這次絕對也是危機重重。

但雪女完全無視我的擔憂，對我說：「拜託你了，助手先生。」

就這樣，我又再次站在洞口，擔任引鬼出洞的誘餌。

我心不甘，情不願的站在洞口，裡面不時傳來巨鬼哀號著「好痛啊！我好痛啊」的聲音，令我不禁全身顫抖。我忍不住想，真希望巨鬼因為肚子痛而沒聞到我的味道。我用眼角餘光瞄到鬼燈醫生從黑色看診包拿出一個物品，那是一

把超大扇子！

鬼燈醫生拿著那把扇子，對著我用力搧風。他想利用扇子的風，把我的味道送進洞穴裡。

前一刻還直喊「好痛啊！我好痛啊」的巨鬼，在扇子的風吹進洞穴之後突然不叫了。

我吞吞口水，內心的恐懼與寒冷的天氣讓我全身發抖，眼睛不敢移開洞穴。

磅、磅、磅！

洞穴的地面響起沉重的腳步聲，聽得出有個龐然大物正從洞內往洞外移動。

我知道那是巨鬼聞到我的味道，受到美食吸引，一步步向我走來的聲音！他要來吃我了！

鬼燈醫生出聲提醒：「不要動，恭平。一定要忍到他出來為止。雪女，你準備好了嗎？」

在洞口旁等著巨鬼出來的雪女對鬼燈醫生點點頭，做出OK的手勢。

磅、磅、磅！

巨鬼的腳步聲讓地面為之震動，一波一波的從腳底傳遞到我身上。我忍不住慢慢往後退，眼睛直盯著洞穴深處。

巨鬼的輪廓逐漸浮現在陰暗的洞穴之中，他快要出來了！

或許是因為肚子痛的關係，巨鬼站不起來，所以他在地上爬著，一步一步的靠近我。即使如此，他還是用他的鼻子用力聞附近的味道，發出低沉的吸氣聲。他想找到美食的蹤跡，那個美食……就是我。

「我的肚子好痛啊！美食，你在哪裡？肚子真的好痛啊！美食，你在哪兒啊？」巨鬼一邊說著，慢慢從洞口現身。

巨鬼那雙發出銳利光芒的眼睛一下子就鎖定我。

鬼燈醫生大叫：「就是現在！」

雪女深吸一口氣，朝巨鬼呼出冰冷白氣。

我看見逐漸向我逼近的巨鬼，身上覆蓋著雪女呼出的寒氣。

可是……巨鬼並沒有結凍，而是打了一個大噴嚏。

「哈、哈、哈啾！」

巨鬼打的噴嚏威力十足，我被吹翻，一屁股摔在地上。

巨鬼看到我頭下腳上的摔在地上，開心的伸出手說：「找到了，可愛又好吃的小朋友！」

「哇！」我嚇得大叫。

雪女見狀說：「哎呀！看來我得用力一點才行。」

「快點！快點！把巨鬼冰凍起來！」就在我大叫的同時，雪女又

對巨鬼吹了一口寒氣。

雪女呼出的白色寒氣包覆巨鬼身體，這一次終於成功的將巨鬼冰凍起來，巨鬼再也無法動彈。當時巨鬼正伸出手要抓我，他那尖尖的指甲就停在我眼前三公分處，現在已變成白色冰塊。

前一刻還追著美食的巨鬼，如今已成為洞穴前的雪地上閃耀著光芒的冰雕肖像。

「好，真順利啊！做得好。」鬼燈醫生開心的說。

鬼燈醫生拿著看診包向我走來。

我說：「哪有順利？」我費了好大的力氣才站起來，瞪著鬼燈醫生。「我差點就要被巨鬼吃了！你看到了嗎？他的指甲就要碰到我了耶！」

「好，冷靜，你冷靜，你冷靜一點……」鬼燈醫生又開始敷衍我，想安撫我的情緒。「不管怎樣，你最後還是毫髮無傷，巨鬼也跟我們計畫的一樣變成冰，那些小事就不要計較了。現在最重要的是，我得趁巨鬼結冰的期間幫他看病。對了，把聽診器還給我。」

10在鬼的肚子裡開派對？

我交出聽診器，鬼燈醫生立刻鑽進結成冰的巨鬼身體下面，將聽診頭貼在巨鬼的肚子上。

「嗯……」鬼燈醫生專注的聽著巨鬼肚子裡的動靜，我們則在一旁靜靜等待。

不一會兒，鬼燈醫生從巨鬼的身體下方鑽出來，喃喃說了一句：「真是不敢相信。」

接著他又說：「有東西在巨鬼的肚子裡開派對呢！那傢伙在巨

鬼的肚子裡，吃著巨鬼吃的食物，喝著巨鬼喝的飲料，開心得很。

「我用聽診器聽，還聽到他在肚子裡開心唱歌的聲音。巨鬼肚子痛一定就是他引起的。他因為太開心，所以在肚子裡跳來跳去的。」

我瞠目結舌的說：「在肚子裡開派對？」

雪女偏著頭猜想：「到底是誰呢？」

鬼燈醫生這次繞到巨鬼頭上，從張開的大嘴往裡看，對著裡面喊：「喂！誰在裡面？」

所有人都屏息等待回應，可惜巨鬼的肚子裡沒傳來任何聲音。

「喂！別在裡面胡鬧了，出來吧！現在巨鬼被冰凍起來，身體無法動彈，你可以安心出來！」鬼燈醫生再次對著巨鬼的嘴裡大叫。不一會兒，從裡面傳出小聲的回應：「我不要！」

我下意識的與鬼燈醫生對看一眼，鬼燈醫生不耐煩的嘆了一口氣，說：

「哎呀哎呀！看來裡面的客人很喜歡在巨鬼肚子裡的生活，不想乖乖出來。沒辦法了，看樣子我只能硬把他拉出來了……」

我問：「要怎麼把他拉出來？」

鬼燈醫生看向自己的看診包，伸手在裡面翻找東西。不一會兒，鬼燈醫生拿出戴在額頭的圓形反射鏡，和一個大型手電筒。

「要是有可以伸進喉嚨，像棒子一樣的東西就好了……」鬼燈醫生說完後，開始四處張望。

「對了！這兒就有合適的東西啊！」鬼燈醫生一邊笑著大叫，一邊走近骷髏計程車，對骷髏司機說：「那個，骷髏，不好意思，請你助我一臂之力。」

「小事一樁。」骷髏司機一邊用力點頭一邊回答，他的下巴跟著上下晃動。接著他將左手伸進制服的右手袖子裡，拔出右臂。

鬼燈醫生接過骷髏手臂，滿意的說：

「好，太好了。這下子就能將巨鬼肚子裡難纏的傢伙抓出來！」

接著鬼燈醫生衝到巨鬼面前，開始準備前置作業。

「恭平，聽診器交給你了。我從嘴巴看不到巨鬼肚子裡的情形，你負責用聽診器隔著肚皮監聽，再告訴我裡面那傢伙的動靜。」

「知道了！」我毫不猶豫的從鬼燈醫生手中接過聽診器，轉

頭鑽到巨鬼的身體下面，按照醫生指示，將聽診頭貼著巨鬼的腹部。

接著我聽見嘶啞的聲音，有人正在開心的唱著歌。

「謝謝招待！吃得好飽啊！鬼的肚子真好啊，大家快來玩吧！」

我低聲的說：「真的……在唱歌呢……」果然跟鬼燈醫生說的一樣，對方似乎很喜歡在巨鬼肚子裡的生活，開心的唱著歌，到處蹦蹦跳跳。難怪巨鬼會肚子痛。

鬼燈醫生一手拿著手電筒，照亮巨鬼的喉嚨深處，接著說：

「好，看我把你抓出來！」

鬼燈醫生另一手拿著骷髏手臂，輕輕的將手臂放進巨鬼的喉嚨深處。

我專注的透過聽診器監聽巨鬼肚子裡的動靜，可是，肚子裡忽然安靜下來。

剛剛還手舞足蹈的目標，突然變得驚慌失措。我聽見他說：

「咦？欸？什麼？這是什麼？什麼奇怪的東西跑進來了？」

鬼燈醫生將骷髏手臂再往喉嚨深處伸進去，我立刻聽見巨鬼肚子裡傳來「哇！救命啊！有人來抓我了！」的慘叫聲。

「醫生，再往右邊一點！他在右邊！」我從巨鬼肚子裡的聲音判斷目標的位置，告訴鬼燈醫生。鬼燈醫生控制骷髏手臂的方向，開始在巨鬼肚子裡搜尋目標。

「滾開！住手！不要過來！我喜歡待在這裡，既陰暗又溫暖，還有許多美食可以吃！」

「醫生，再往裡面一點！他在肚子深處，逃到後面去了！」我再次從聲音判斷位置，提醒鬼燈醫生。

「看我的，別想逃！」鬼燈醫生

將整隻骷髏手臂放進巨鬼的身體裡，直搗肚子深處。

「哇！救救我！放開我，放開我！」目標在巨鬼肚子裡大吵大鬧，看來鬼燈醫生已經抓住他了。

我忍不住大叫：「成功了！」鬼燈醫生立刻將骷髏手臂從巨鬼的嘴裡抽出來。

只見骷髏手臂的大拇指和食指捏著某個小小的黑色物體，那個物

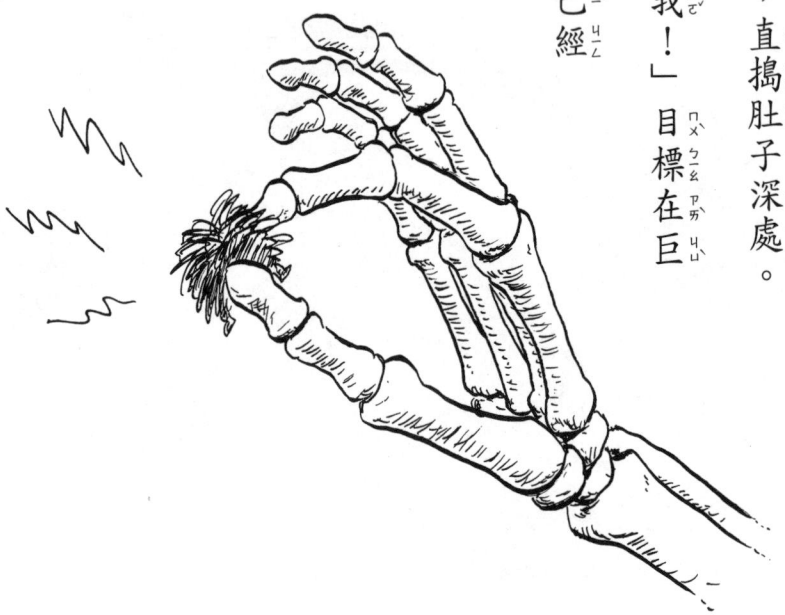

體雖然被抓住了，仍在骷髏手臂的指尖上動來動去，企圖掙脫。

骷髏手臂伸出巨鬼體外後，立刻放開手指；被捏住的黑色物體砰的一聲掉在雪地上，像跳蚤一樣邊跳邊逃。

神奇的是，他每跳一步，身體就變大一寸，直到消失在樹林另一邊時，已經恢復到跟我差不多大小。仔細一看，原來是個老婆婆。

我瞪大雙眼，驚訝的問：「那是什麼？」

鬼燈醫生回答：「那是……山姥。」

「山姥？」我還是搞不清楚這到底是怎麼一回事。「山姥怎麼會在巨鬼的肚子裡？而且還變得那麼小一隻……」

鬼燈醫生開始說起故事：「山姥本來就能隨意變大變小，很可能在她因為某個原因變小的時候，不小心被巨鬼當成食物吃下肚了。你應該聽過《三張護身符》這個民間故事吧？故事裡山姥想吃小和尚，小和尚跑回寺廟請老和尚救他。於是老和尚就跟追到寺廟的山姥說：『我們來比誰的法術比較厲害，你若贏了，我就讓你吃小和尚。』

「山姥答應了，於是就跟老和尚比法術。山姥為了贏老和尚，將身體變小，老和尚說：『什麼啊！才這樣而已？你還能再變小一點嗎？』山姥愈變愈小，最後變得跟豆子一樣大。老和尚就趁這個機會將山姥包進麻糬裡，一口吃掉了。」

我問：「那位老和尚沒有肚子痛嗎？」

「還好老和尚是用麻糬包著山姥吃掉，山姥被麻糬困住，無法在老和尚的肚子裡搞鬼。最後跟著麻糬一起消化掉了。

「話說回來，巨鬼這傢伙

是直接吞下山姥，山姥在巨鬼的肚子裡可以自由活動，才會為所欲為。現在把山姥抓出來了，巨鬼的肚子痛自然不藥而癒。」鬼燈醫生說完後露出笑容，將骷髏右手還給司機。

11看不見的鬼燈媽媽

經過一番折騰，我們終於成功治好巨鬼的肚子痛，準備返回鬼燈醫院。

「真是幫了我一個大忙啊！謝謝醫生。這下子山裡也能恢復平靜了。」雪女笑著感謝鬼燈醫生。

鬼燈醫生拍了拍結成冰的巨鬼肚子，說：「兩、三個鐘頭後冰就會融化，巨鬼就能恢復原本的樣子，可以自由活動。」

骷髏司機說：「先生，我送你一程吧？」

鬼燈醫生婉拒他的好意。「不用了，你的駕駛技術太差了。我會從後院的小木門回醫院，你不用擔心。恭平，走吧，我們回去吧！」

鬼燈醫生從口袋拿出鬼燈球魔法鈴搖了一下。

叮鈴、叮鈴、叮鈴。

清透的鈴聲響起，飄散在四周的空氣裡。這一刻，一道拱形木門出現在我們眼前。

鬼燈醫生轉動門把，將門打開，穿過小門。正當我也要跟著走過去的時候，忽然想起鬼燈媽媽，於是張望著四周。

「咦？」這才發現鬼燈媽媽早就在門的另一邊，可是……她是什麼時候過去的？鬼燈媽媽在門的另一邊，面帶微笑，招手要我過去。

「恭平，你快一點，門要關起來囉！」鬼燈醫生在門的另一邊呼喚我。

我趕緊穿過木門，回到鬼燈醫院的後院，拱形木門在我身後靜悄悄的關上。

站在寒冷的冬季庭院裡，我又一次環顧四周。

我聽見鬼燈醫生說：「嗯，雪女所在的那座山真的很冷，來喝一杯熱咖啡吧！」接著他轉身走進房子的後方，我猜他應該是去廚房煮水吧？

我站在庭院裡，鬼燈媽媽站在我身邊，目送鬼燈醫生離去。

我從剛剛就很介意，為什麼鬼燈醫生不理會自己的媽媽？既沒打招呼，也沒看她一眼。更讓我疑惑的是，雙方連一句話也沒說。

鬼燈媽媽像是明白我心中的疑惑，輕輕嘆了一口氣，對我說：

「那孩子總是那個樣子，我來看他好幾次了，他連看也沒看我一眼，還不跟我說話。他好像在生我的氣，但我完全不知道他為什麼生氣。」

鬼燈媽媽話一說完，通往房子後方的門打開了，鬼燈醫生又走回後院。

「恭平，我泡一杯熱可可給你喝吧？」鬼燈醫生只跟我說話，絲毫不理自己的媽媽。我不禁同情起鬼燈媽媽，對鬼燈醫生的態度感到生氣。

「醫生，我問你。」我決定豁出去了。「你媽媽難得來看你，你為什麼裝作沒看到的樣子？也不打聲招呼，太沒禮貌了吧？」

鬼燈醫生一頭霧水的看著我：

「你剛剛說誰來看我？」

我指著站在庭院角落的鬼燈媽媽，回答：「你媽媽呀！鬼燈媽媽！醫生，你為什麼完全不理會自己的媽媽？」

鬼燈醫生順著我的手指往鬼燈媽媽的方向看去，一臉驚訝的說：「那裡沒人啊？」

鬼燈媽媽就在眼前，他竟然視若無睹，還說這種話，真是太過分了！不理人就算了，竟然還假裝沒看見！

我生氣的說：「醫生，你太過分了！你媽媽好委屈喔，她明明就在那裡，我相信你也看到了，不是嗎？怎麼還能說那樣的話？」

鬼燈醫生不發一語，眼睛直盯著我看。不一會兒，他深深嘆一口氣，緩緩開口：

「恭平，你在開哪門子的玩笑？你說我媽媽在那裡？那是不可能的事情，因為我媽媽早在七年前就過世了。」

「什麼？」聽到鬼燈醫生這番話，我不禁背脊發涼，慢慢轉過頭，看向站在庭院一角的鬼燈媽媽。

我真的看見了。滿頭白髮、身材嬌小的老奶奶帶著笑容站在那裡。

「這……這是騙人的吧？」

這句話我不是說給鬼燈醫生聽，也不是說給鬼燈媽媽聽。

鬼燈醫生一臉不悅的說：「我能騙人嗎？今天是我媽媽的忌日，所以我一大早就去掃墓。不要再開這種玩笑了。」

「他說的是真的，其實，我是鬼。」鬼燈媽媽笑著說。

「什麼……怎麼會這樣……」我真是欲哭無淚啊！

這麼說來，我剛剛一直在跟鬼說話，而且只有我看得見鬼燈媽媽，其他人和妖怪都看不見她！

我嚇得全身發抖，鬼燈媽媽的靈魂接著說：「不過，我剛剛說的話是真的。我兒子好像在生我的氣，而我完全不知道為什麼。正因為如此，我特地來看他，他也看不見我，聽不見我。他不願對我敞開心房……我要拜託你，幫我問問他，他為什麼生我的氣？」

我吞了吞口水，來回看著鬼燈媽媽的靈魂和鬼燈醫生。我先看看媽媽，再看看醫生。看完醫生後，再看看媽媽。

鬼燈醫生看我發呆的模樣，對我說：「這下你明白了吧？我沒心情跟你開玩笑，你要是不喝熱可可就回家吧！」

鬼燈媽媽的靈魂又說：「你快幫我問，問他：『你為什麼生你媽媽的氣？』」

「那個……」我支支吾吾的看著鬼燈醫生。

「快問哪！」鬼燈媽媽的靈魂再次催促我。

我已經沒得選擇，決定將鬼燈媽媽的靈魂想問的事情，直接說給鬼燈醫生聽。「你媽媽的靈魂要我問你，你為什麼生她的氣？」

鬼燈醫生氣得臉都脹紅了，憤怒的說：「你還在跟我開玩笑？你再不停止，我就要揍你囉！」

就在此時，鬼燈媽媽的靈魂飄到我身邊，在我耳邊說悄悄話。我將原話直接轉達給鬼燈醫生。

「你媽媽說：『媽媽知道在曾祖父的肖像上亂畫鬍鬚的人不是你，是你哥哥京士朗。』」

鬼燈醫生全身抖了一下，直盯著我看。

接著，鬼燈媽媽的靈魂又在我耳邊說話。

我對鬼燈醫生說：「你媽媽說：『有一次奶

奶養的貓馬羅內頭上的毛被剃光，媽知道這是京士朗做的惡作劇。』」

鬼燈醫生聽我轉述鬼燈媽媽的靈魂說的話，安靜下來，站在原地，動也不動。

過了一會兒，鬼燈醫生低聲的說：「媽媽？」

鬼燈媽媽的靈魂在我身邊笑了出來。「你終於發現我的存在了，真是個令人操心的孩子。」

「這是怎麼一回事……」鬼燈醫生說：「為什麼只有恭平看得見媽媽的靈魂？為什麼我看不見？」

我想起剛剛鬼燈媽媽的靈魂說的話，對鬼燈醫生說：

「你媽媽有說……你不知道為了什麼原因生她的氣，不對她敞開心房，所以她好不容易來看你，你不僅聽不見她說的話，也看不見她。所以，你媽媽想知道你為什麼生她的氣？」

聽完我的解釋後，鬼燈醫生再次陷入沉默。這次沉默的時間很長，氣氛也很凝重。鬼燈媽媽的靈魂一直看著沉默的鬼燈醫生。

好一會兒後，鬼燈醫生垂下肩膀，嘆了一口氣，接著像是將心中所有委屈吐露出來般的說話了。

「還記得我六歲的時候，那年十二月的某一天，媽媽把我忘在路上就自己回家了。那天媽媽帶著我和京士朗去百貨公司買聖誕節禮

物，結果媽媽竟然忘了我，跟哥哥兩個人回家了。」

「哎呀……你就為了這件事生我的氣啊？」鬼燈媽媽的靈魂一臉恍然大悟的樣子。

接著她聳了聳肩，調適情緒後，對鬼燈醫生解釋：

「話說回來，就為了這件事生氣到現在，你也真是個傻瓜。其實媽媽忘在路上的不只是你。還記得嗎？後來我們去遊樂園玩的時候，我就將京士朗忘在遊樂園裡，跟你一起回家了。還有一次我開車帶你和京士朗去看電影，結果竟然忘了我們是開車出門的，帶著你們一起走路回家。你看看我，記性差到沒救了，真是傷腦筋啊！」

我不禁心想：「不會吧！不只把小孩忘在路上，連車也忘記開回家？真是個糊塗媽媽呀……」但我還是一五一十的，將整段話轉述給鬼燈醫生聽。

當我說到鬼燈媽媽不只忘記鬼燈醫生，連哥哥京士朗都忘記帶回家時，醫生的臉上出現一絲竊喜的表情。後來說到連車都忘記開回家時，鬼燈醫生已經忍不住笑了出來。

「媽媽從以前就是這麼糊里糊塗的。」

鬼燈醫生笑的時候，我感覺身邊冰冷的空氣開始浮動。仔細一看，鬼燈媽媽的靈魂竟然慢慢變透明！

在我驚呼出聲之前，鬼燈醫生早就「啊」的叫了一聲。

「媽！」鬼燈醫生看向逐漸消失的媽媽。

「你終於看見我了。」鬼燈媽媽的靈魂幾乎快要融化在空氣裡，她笑著對醫生說：「下次我來看你時，別再對我視而不見囉！還有……」

鬼燈媽媽的臉龐現在只剩輪廓，溫柔的雙眼不捨的看著鬼燈醫生。

「那條領帶真難看，你不適合橘色圓點圖案。」

鬼燈媽媽的靈魂留下這句話，便消失在我們

眼前。鬼燈媽媽消失後，鬼燈醫生還繼續盯著她之前站著的庭院角落。

我心中想著：「看來今天引誘我進入妖怪世界的，就是鬼燈醫生的媽媽……」鬼燈媽媽想讓我居中翻譯，透過我解開她長久以來心中的疑惑，才會搖響鬼燈球魔法鈴，打開通往妖怪世界的入口大門，藉此引我入內。

我不發一語的待在後院，想著這一切。

「好了，」不一會兒，鬼燈醫生說：「恭平，我煎鬆餅給你吃吧！我媽媽以前常煎給我吃，我現在突然很想吃媽媽做的鬆餅。今天多虧你的幫忙，就當作是我的一點心意。」

我還沒吃午餐，現在肚子餓死了。

我心想：「還沒吃午餐就先吃鬆餅，回家後一定會被媽媽罵。唉，不管她了。難得有機會吃到鬼燈醫生煎的鬆餅。」

在從後院進入診間之前，我回頭看了一眼鬼燈媽媽剛剛站著的地方，突然發現一件事。

「欸……梅花開了……」

庭院角落的梅樹枝幹上，開了一朵白色梅花。

春天真的要到了。

那朵梅花獨自在冷冽寒風中綻放，我深吸一口氣，感受梅花香氣，轉身走進診間。

鬼燈京十郎的信

母親大人：

相隔這麼多年，今天能再見到您，兒子感到很開心。我從來沒發現，原來您不時會到我的醫院來看我。

雖然我沒察覺到您來了，但還是為我不理會您的事情說聲抱歉。今天終於能再見到您，我真的萬分欣喜。我得好好謝謝我的助手恭平才行，多虧他，我才能和您重逢。

那小子膽子很小，做事冒冒失失，又很不可靠；但心地善良，

總是能協助我完成工作。這次他能在我出門的時候，憑自己的力量克服難關，真的很不簡單。不過，這次他單槍匹馬的跑去醫治巨鬼，我覺得很危險。要是有個閃失，說不定就會被巨鬼一口吃下去了。真不明白他為什麼要做這麼衝動的事情？下次一定要問清楚，好好罵他一頓。真是個找人麻煩的傢伙。

最後，希望母親有機會一定要再來玩。妖怪世界與靈魂世界相距不遠，期待再次與您見面的日子，到時候我們再一起吃鬆餅。再見了，請您保重。

鬼燈京十郎

吃人妖怪大集合

在世界各國的童話故事和民間傳說裡，
有很多巨人和會吃人的妖怪，
而且有些還特別愛吃小孩。
讓我們一起來看看
有哪些喜歡把人當晚餐的妖怪吧。

北歐神話裡的巨怪

巨怪（Troll）是北歐神話裡一種不太聰明的吃人巨人，他們居住在山上或洞穴裡，專門守護地底下的財寶——這些財寶一旦遇見陽光就會變成石頭。

歐洲傳說裡的食人魔

在奇幻文學裡經常出現的食人魔（Ogres），據說是一種身材高大肥胖、手臂粗壯、力大無窮的怪物。他們的頭腦簡單，喜歡居住在陰暗的洞穴、廢棄的城堡、荒蕪的森林裡。通常只想著吃，食欲很大，最喜歡吃肉類，包含活生生的家畜和家畜的主人；他們也會攻擊穿越深山的商隊和路人。

荷馬史詩裡的獨眼巨人

在希臘神話裡有一個會吃人的獨眼巨人名叫波呂斐摩斯（Polyphemus），據說是海神波塞頓的兒子；他在荷馬的史詩故事裡，曾經被希臘英雄奧德修斯戲弄。當時，正要航行返家的奧德修斯停泊在西西里島，結果意外來到波呂斐摩斯的洞穴裡。

這位獨眼巨人發現外人以後，用巨石堵住洞口，然後吃掉好幾個人。為了逃走，奧德修斯故意請波呂斐摩斯喝酒，用烈酒把巨人灌醉，還告訴巨人，他的名字叫「沒有人」。等巨人睡著了，奧德修斯等人就用削尖的橄欖樹樁插入巨人的眼睛裡。瞎了眼的巨人只能痛呼「沒有人攻擊我！」其他巨人以為他在說夢話，也沒有人來幫助他，奧德修斯等人才得以抱著羊肚子安全的逃回船上。

日本傳說裡的山姥

據說山姥是一種躲在深山裡的妖怪，常會化身為美麗的婦人或老婆婆，招呼山中的旅人到她的屋子裡借宿用餐，然後等旅人睡著了，就把他吃掉。山姥也被稱為「山母」、「山姬」等。

關於山姥比較有名的民間故事，就是「三張護身符」的故事；雖然因為流傳的地區不同而有敘述上的差異，但故事大概是小和尚為了老和尚交代的任務要到山裡去，可是，回來時天色晚了，遇到一位老奶奶邀他到家裡去，結果老奶奶就是山姥，她打算把小和尚吃掉。小和尚運用機智和老和尚交給他的三張護身符，山姥反而被老和尚算計，自己變小變成豆子，反而被老和尚吃掉了。

《山海經》裡的吃人獸

中國神話傳說裡有一本專門描述上古山川神獸的經典名叫《山海經》，裡面記載好幾種會吃人的怪獸。這裡先舉幾個例子：

彘（音ㄓˋ）：這是一種體型相當巨大的豬，他們住在浮玉之山上，外型像老虎，尾巴卻是牛尾，叫聲像狗。（南山經）

蠱雕：這是一種似鳥非鳥的食人怪獸，住在鹿吳之山和澤更之山之間，外型像鵰，頭上長角，叫聲像嬰兒般啼哭。（南山經）

㹢（音ㄠˊ）因：住在三危之山上面的野獸。他們的外型像牛，全身是白色的，有四支角；身上的毛髮像披著簑衣一樣。（西山經）

諸懷：這種怪獸居住在北岳之山，他們的外型看起來像牛，有人的眼睛和豬的耳朵，叫聲很像大雁鳴叫。（北山經）

還有更多神話裡的怪獸等待你去發現哦。

小時候會讀、喜歡讀，不保證長大會繼續讀或是讀得懂。我們需要隨著孩子年級的增長提供不同的閱讀環境，讓他們持續享受閱讀，在閱讀中，增長學習能力。這正是【樂讀 456】系列努力的方向。 —— 中央大學學習與教學研究所教授 **柯華葳**

系列特色

1. 專為已經建立閱讀習慣的中高年級以上讀者量身打造。
2. 兩萬到四萬字的中長篇故事，培養孩子的閱讀續航力。
3. 多元化題材及結構完整的故事內容，全面提升閱讀、寫作及表達能力。
4.「456 讀書會」單元，增進深度理解與獲得新知。

妖怪醫院

世上絕無僅有的【妖怪醫院】開張了！
結合打怪、推理、冒險……「這是什麼鬼！？」
新美南吉兒童文學獎作家富安陽子
最富「人性」與「療效」的奇幻故事

故事說的是妖怪，文字卻很有暖意，從容又有趣。書裡的妖怪都露出了脆弱、好玩的一面。我們跟著男主角出入妖怪世界，也好像是穿越了我們自己的恐懼，看到了妖怪可愛的另一面呢！

——知名童書作家 **林世仁**

生活寫實故事，感受人生中各種滋味

★北市圖好書大家讀推薦入選
★教育部國民中小學新生閱讀推廣計畫選書

★教育部性別平等教育優良讀物
★文建會台灣兒童文學一百選
★中國時報開卷年度最佳童書
★新聞局中小學優良讀物推介

★中華兒童文學獎
★文建會台灣兒童文學一百選
★「好書大家讀」年度最佳讀物
★新聞局中小學優良讀物推介

創意源自生活，優游於現實與奇幻之間

★系列曾獲選好書大家讀年度最佳讀物獎、入選義大利波隆那同書展臺灣館推薦書

《神祕圖書館偵探》系列，乍聽之下是個圖書館發生疑案，要由小偵探解謎的推理故事。細讀後發現不完全是如此，它除了「謎」以外，也個充滿想像力的奇幻故事。

——臺南大學附設實驗小學教師 **溫美玉**

掌握國小中高年級閱讀力成長關鍵期

樂讀456，深耕閱讀無障礙

學會分析故事內涵，鍛鍊自學工夫，增進孩子的閱讀素養

奇想三國，橫掃誠品、博客來暢銷榜

王文華、岑澎維攜手說書，用奇想活化經典，從人物窺看三國

本系列為了提高小讀者閱讀的興趣，分別虛構了四個敘述者的角度，企圖拉近歷史與孩子之間的距離，並期望，經由這些人物的事蹟，能激發孩子對歷史的思考，並發展出探討史實的能力。

——東華大學中文系教授、「三國學」專家 **王文進**

一般人只看到曹操敗得多淒慘，孔明贏得多瀟灑，我卻看見曹操的大器，拿得起，放得下！

—— **王文華**

如果要從三國英雄裡，選出一位模範生，候選人裡，我一定提名劉備！

—— **岑澎維**

孔明這位一代軍師生在當時是傑出的軍事家，如果生在現代，一定是傑出的企業家！

—— **岑澎維**

孫權的勇氣膽略，連曹操都稱讚：生兒當如孫仲謀！

—— **王文華**

黑貓魯道夫

一部媲美桃園三結義的黑貓歷險記

這是一本我想寫了好多年，因此叫我十分妒羨的書。此系列亦童話亦不失真，充滿想像卻不迴避現實，處處風險驚奇，但又不失溫暖關懷。寫的、說的，既是動物，也是人。

——知名作家 **朱天心**

★「好書大家讀」入選
★榮登博客來網路書店暢銷榜
★日本講談社兒童文學新人獎
★知名作家朱天心、番紅花、貓小姐聯合推薦

★「好書大家讀」入選
★日本野間兒童文藝新人獎
★日本路傍之石文學獎
★知名作家朱天心、番紅花、貓小姐聯合推薦

★知名作家朱天心、番紅花、貓小姐聯合推薦

★日本野間兒童文藝獎

妖怪醫院 7

我是妖怪醫生的助手！

作者｜富安陽子
繪者｜小松良佳
譯者｜游韻馨

責任編輯｜許嘉諾
美術設計｜林佳慧、Abrand Design
行銷企劃｜葉怡伶

天下雜誌群創辦人｜殷允芃
董事長兼執行長｜何琦瑜
媒體暨產品事業群
總經理｜游玉雪　副總經理｜林彥傑
總編輯｜林欣靜
行銷總監｜林育菁
主編｜李幼婷
版權主任｜何晨瑋、黃微真

出版者｜親子天下股份有限公司
地址｜台北市 104 建國北路一段 96 號 4 樓
電話｜（02）2509-2800　傳真｜（02）2509-2462
網址｜ www.parenting.com.tw
讀者服務專線｜（02）2662-0332　週一～週五：09:00~17:30
讀者服務傳真｜（02）2662-6048
客服信箱｜ parenting@cw.com.tw
法律顧問｜台英國際商務法律事務所 · 羅明通律師
製版印刷｜中原造像股份有限公司
總經銷｜大和圖書有限公司　電話：（02）8990-2588

出版日期｜ 2017 年 9 月第一版第一次印行
2024 年 1 月第一版第十四次印行
定　　價｜ 260 元
書　　號｜ BKKCJ043P
I S B N｜ 978-986-95267-3-9

訂購服務
親子天下 Shopping ｜ shopping.parenting.com.tw
海外 · 大量訂購 ｜ parenting@cw.com.tw
書香花園｜台北市建國北路二段 6 巷 11 號 電話（02）2506-1635
劃撥帳號｜ 50331356 親子天下股份有限公司

立即購買 >

國家圖書館出版品預行編目資料

妖怪醫院7：我是妖怪醫生的助手！／富安陽子文；小松良佳圖. -- 第一版. -- 臺北市：親子天下, 2017.9
136面；17×21公分. --（樂讀456系列；43）
ISBN 978-986-95267-3-9（平裝）

861.59　106014273

BOKU WA OBAKE ISHA NO JOSHU-NAIKA OBAKEKA HOOZUKI IIN
by YOHKO TOMIYASU and YOSHIKA KOMATSU
Text Copyright © 2011 Yohko Tomiyasu
Illustrations copyright © 2011 Yoshika Komatsu
Originally published in Japan in 2011 by POPLAR PUBLISHING CO., LTD.
Traditional Chinese translation rights arranged with POPLAR PUBLISHING CO., LTD., Tokyo
through AMANN CO., LTD., Taipei.
Traditional Chinese translation copyright © 2017 by CommonWealth Education Media and Publishing Co., Ltd.
All rights reserved.
No part of this book may be reproduced in any form without the written permission of the publisher.